원추리 바람

황 송 문 시집

원추리 바람

황 송 문 시집

동학사께

머리말

성하지절盛夏之節, 여름이 깊었다. 용마산 깔딱 고개를 넘을 때 초콜릿 한 쪽을 야금거리듯 그렇게 시간을 야금거리며 시를 쓰는 시간이 가장 행복한 삶인 것 같다는 생각이 들었다. 인생이라는 바둑을 거의 다 둔 것 같아서 버리는 연습을 해왔는데, 아직도 빈 곳이 보여서 두다보니 또 시집을 내게 되었다.

복중에 수복壽福이 제일이라는데, 지금까지 시를 쓸 수 있도록 건강을 주신 하느님께 감사하지 않을 수 없다. 생사화복을 주관하시고 밝은 햇빛과 맑은 공기까지 주시는 천지신명께 감사하면서 생명연습을 하는 중이다.

나의 시에 곡을 붙여주신 김동진 교수는 일찌감치 가셨고, 중국 조선족 최삼명 작곡가와 최연숙 작곡가도 최근에 떠나셨다. 나와 인연이 깊은 이파리들이 자꾸 떨어져나가면 다음은 내 차례라는 생각이 들어서 황새처럼 목을 빼고 하늘을 본다.

겨울나무처럼 잎 다 떨구고 나서 시다운 시 한 편이라도 남기고 조용히 떠나가야지…. 강물이 흘러가듯이 그렇게. 신석정 스승님의 시 「서정가」처럼 강물로 강물로 水深江靜으로 흘러가야지…

출판이 어려울 때 또 시집을 배포해주신 국학자료원 정찬용 원
장과 새미출판사 정구형 사장께 심심한 사의를 표한다. 이 탄생의
기쁨은 시와 더불어 생사고락을 함께 한 문학가족과 나누고자 한다.

檀帝紀元 4349年(서기 2016년) 9월 15일에 黃松文

차 례

제2부 신오감도新鳥瞰圖

제3부 호수에 나는 새

제4부 오동나무 한 그루

제1부 미문일기 다비식

원추리 바람

그대가 원추리라면
나는 그대 스치고 가는 바람

한번만 스치고 가는 바람 아니라
다시 돌아와 속삭이는 바람

바람은 원추리에 잠이 들고
원추리는 바람에 흔들리면서
영원한 섭리의 춤과 노래로

창작된 신화(神話)는
그리움의 농축액
시간을 천년만년 아껴서 쓴다.

창변窓邊의 손

― 남북이산가족상봉 마지막 날에

하나의 손바닥을 향하여
또 하나의 손바닥이 기어오른다.
차창 안의 손바닥을 향하여
차창 밖의 손바닥이 기어오른다.

줄리엣의 손을 향하여
로미오의 손이 담벼락을 기어오르듯
기어오르는 손바닥 사이에 차창이 막혀 있다.

유리창은 투명하지만,
매정스럽게 차가웠다.

차창 안의 손은 냉가슴 앓는 아들의 손
차창 밖의 손은 평생을 하루같이 산 어미의 손
신혼新婚에 헤어졌던 남편과 아내의 손
손과 손이 붙들어보려고 자맥질을 한다.

손은,
오랜 풍상風霜을 견디어내느라 주름진 손은
혹한酷寒을 견디어낸 소나무 껍질 같은
수없는 연륜年輪의 손금이 어지럽다.

암사지도暗射地圖보다도 잔인한
상처투성이 손이 꿈결처럼 기어오른다.

얼굴을 만지려고, 세월을 만지려고
눈물을 만지려고, 회한悔恨을 만지려고
목숨 질긴 칡넝쿨처럼 기어오르면서
왜 이제야 왔느냐고,
왜 늙어버린 뒤에 왔느냐고,
유복자遺腹子 어깨를 타고 앉아 오열을 한다.

할머니 감나무에 거름을 주셨느니라

할머니는 돼지 족발을 삶을 때마다
우리에게는 고기만 주시고
국물은 국물도 없었느니라.
절로 가지고 가시곤 하셨기 때문이었느니라.

국물도 먹고 싶었는데
한 방울도 주는 법이 없이
족발 살코기만 주시곤 하셨느니라.

할머니는 국물을 어디다 쓰느냐고
궁금증이 동해서 여쭈었더니
감나무에 거름을 주셨다고 하셨느니라.

할머니가 입적入寂하신 후
그 절을 찾아갔더니
연로하신 큰스님이 암자에서 반기셨느니라.

감나무의 홍시를 따주시면서

너희 할머니는 큰 보살이었느니라.
오실 때마다 약을 가져오셔서
나의 무릎 관절,
골다공증을 치유하셨느니라.

감나무 열매 홍시처럼
떫은 기 없는 말씀으로
윤회로 윤회로 윤회전생으로
감나무 밑거름을 되뇌시었느니라.

어머니 옹기甕器

백발이 성성한
고려인 노파老婆 곁에서
해묵은 옹기가 눈을 맞는다.

조선 땅, 한반도에서 떠나온 후
연해주에서 둥지를 틀다가
시베리아로 쫓기고 쫓기고
황량한 중앙아시아까지 쫓기다가
연어처럼 살아 돌아와 눈을 맞는다.

캄캄한 밤, 하얗게 날리는 눈처럼
정처 없이 떠도는 디아스포라
맨몸으로 쫓기고, 동토에 버려져도
살아 돌아온 고려의 흙
흙의 혼이 축복 같은 눈을 맞는다.

흰 저고리에 검정치마 입은
소박한 고려 여인 곁에서

고난의 빨래 인생의 빨래
온갖 세파를 이겨낸 끝에
고려의 어머니가 눈을 맞는다.

― 檀帝 4349年(서기 2016년) 3월 16일, 국립현대미술관 덕수궁관 '고려인
화가 변월룡 회고전'을 보고

후지산 설녀풍雪女風

후지산 바람은 다소곳이 살랑살랑하다가도 느닷없이 의기양
양하게 쌩쌩거리는 까닭은 인간이나 산이나 물이나 불이나 삼
라만상 모두가 음양요철陰陽凹凸로 되어있는 신神의 기기묘묘奇
奇妙妙한 건축공법의 상사성相似性에 근거하는 그 존재근거로서
산 같은 내가 쌩쌩거리는 산바람의 기분으로 산의 목덜미를 도
굴하여 만년설萬年雪을 뭉쳐들었을 때 골짜기 같은 여인이 살랑
거리는 봄바람 말씨로 눈뭉치 절반을 떼어달라고 졸랐을 때 아
담이 이브에게 갈비뼈 하나를 뽑아주듯이 그렇게 눈뭉치 절반
을 떼어주었느니라.

우리는 다소곳이 의기양양하게 살랑살랑 쌩쌩 쌩쌩 걷기도
하고 뛰기도 하면서 산을 내려가다가 정신을 차리고 보니 연인
처럼 손을 잡고 있었는데, 천년 만년 세월에 삭은 뼈 같은 만년
설을 나누어 가진 우리는 다정하게 살랑살랑 걷다가 치열하게
쌩쌩거리며 뛰어내린 다섯 시간 인생의 길동무였으나, 5부 능
선에서 헤어져야할 때 우리들의 눈은 다 녹고 남은 빈 손바닥엔
생명선과 성공선이 교차하고 있었느니라.

후지산 바람은 어디쯤 가고 있을까. 눈의 나라 지순한 바람은 만년설을 나누어 가지면서 만났고, 그 눈이 다 녹았을 때 헤어졌다. 손가락에 붙은 아이스크림을 핥듯이 가난한 시간을 야금거리며 핥던 우리는 사요나라와 안녕, 사요나라와 안녕, 봄바람같이 살랑살랑 사요나라, 산맥같이 쌩쌩 내달리며 안녕! 손바닥에 남아있는 미련을 사홍서원 중 두 번째 번뇌무진서원단煩惱無盡誓願斷 낫으로 생각의 풀잎들을 싹둑싹둑 자르고 헤쳐 뿌리면서 산을 내려왔느니라.

윤동주 시인 무덤의 풀잎

1991년 7월 장마철 백두산 가는 길에 용정에 내려 윤동주 시인의 무덤을 찾기로 하였습니다. 여름장마철에 조선족 동포가 운전하는 지프에 올랐습니다. 윤동주 시인의 무덤을 안다던 운전기사가 공동묘지에 있다는 것밖에 모른다고 했습니다. 지프는 마치 뱀장어처럼 이리저리 지그재그로 꿈틀거리다가 공동묘지까지 가지도 못했습니다.

빗물이 홍건한 경사언덕 진흙이 찰거머리처럼 구두에 달라붙어서 공동묘지로 향하는 콩밭 사이 길은 팔열지옥을 방불케 했습니다. 진흙에 붙들린 구두는 천근만근 여간 힘겨운 게 아니었습니다. 콩밭 참외밭 사잇길을 지나고 진흙의 늪을 지나 드디어 공동묘지에 이르렀습니다.

아아, 그런데, 팥죽 끓듯 솟아있는 그 많은 무덤들 속에서 윤동주 시인의 무덤을 찾기란 사막에서 바늘을 찾기처럼 그렇게 난감할 수가 없었습니다. 그러나 팔열지옥 팔한지옥을 거쳐 온 내가 이대로 돌아갈 수 없다는 생각에 무덤을 찾아 이름이 새겨진 푯말을 살펴보며 헤매 다녔습니다. 내가 모처럼 여기까지 찾아

왔는데, 윤동주 시인이 나를 그냥 보내지는 않을 것이라는 신념에 그에게 바치려고 들꽃을 꺾으면서 어둑어둑 어둠이 깔리는 공동묘지를 헤매었습니다.

천지신명께서 굽어 살피셨던지, 꿈결처럼 그 어둡고 무서운 공동묘지에서 윤동주 시인의 무덤을 발견했을 때는 밤 8시 12분이었습니다. 쏟아지는 눈물을 어쩌지 못하면서 풀꽃을 무덤 앞에 바치고 큰절을 하였습니다. 절을 하다가 문득 떠오르는 생각은 「별 헤는 밤」 마지막 구절이었습니다. "내 이름자 묻힌 언덕 위에도 자랑처럼 풀이 무성할 게외다."를 되뇌며 머리를 들고 보니 무덤에는 정말 무성한 풀이 보였습니다.

그 풀잎을 잘라가지고 돌아와 재어보니 30cm나 되었습니다. 기념으로 가져왔던 그 풀잎은 세월이 흘러서 간곳이 없지만, 내 가슴속에는 언제나 그 풀잎이 살아서 숨을 쉬고 있습니다. 어릴 때 어머니가 새벽마다 물동이에 그 맑은 물을 길으시던 향나무 샘은 사라졌어도 도시에 사는 우리들은 그 향나무 샘을 마음속에 간직하며 살듯이 윤동주 시인 무덤의 풀잎을 간직하며 살아갑니다.

뜬구름

어린 시절
느티나무 그늘 아래서
노인들이 장기를 두고 있었다.

卒이 쓸리고 包가 궁을 지키면
馬가 달려 나가곤 했다.

象은 지혜로운 제갈 공명
있는 듯 없는 듯
작전에 능하다가도
車를 만지작거리며
인생은 꿈길 같다고 했다.

옹달샘 가에서
새댁이 물을 긷다가
잠깐 졸았는데,
깨어보니 아는 이가 없다고 했다.

모두 떠나가고
후손들뿐이라고
노루처럼 캑캑 웃었쌈서
허공의 뜬구름을 보고 있었다.

미당문답 未堂問答

옛날 옛날 아득한 한 옛날에
영남의 성권영 시인과
호남의 황송문 시인이
서울보통시 사당리 시절 예술인마을
서정주 선생님께 세배를 하고 있었느니라.

미당 선생님은 세계 산 이름들을 헤아리시고
성권영 시인은 사후의 묘비를 설하고
황송문 시인은 신석정 시인을 논하고

李白의 山中問答과
夕汀의 山中問答과
未堂의 몽블랑 신화로 유추하다가
설산의 신랑 신부 이야기에서
초록 재 다홍 재로 폭삭 내려앉은
신부의 패러디로 전이하였느니라.

선생님, 돌아가시면 묘지에는

詩人 未堂 徐廷柱 하는 게 옳습니까?
무슨 부의 무슨 원장 서정주 하는 게 옳습니까?
그야 물론 詩人 未堂 徐廷柱 하는 게 옳지
그러시면 그냥 가만히 계시지요.

신석정 시인은 염소가 떠받는다고
어머니에게 일러바쳤었는데,
서정주 시인은 엄한정 시인 호를 念少라 짓고
염소처럼 겸손하게 웃으시었느니라.

연애는

연애는
눈 오는 밤에
화롯가에서 해야 하느니라.

아무도 찾아올 이 없는
강설降雪의 산골
눈 쌓여 교교한 밤에
단둘이 화롯가에서 밤새도록
이야기꽃을 피워야 하느니라.

눈이 내리고
눈이 쌓여서
돌아갈 수 없는 밤
이야기도 조곤조곤
밤이랑 구워 먹으며
꿈같은 이야기를 늘여야하느니라.

이야기를 끝없이

밤새도록 늘이고 늘이고
순백의 눈길
추억의 발자국을 남기며
밤새도록 늘여가야 하느니라.

연애는
눈 오는 밤에
화롯가에서 해야 하느니라.

놓친 열차

놓친 열차는 아름답다고
아름다움은 곁에 있을 수가 없다고
그렇게 입버릇처럼 말하면서도
꿈에서도 만날 수 없는 선화공주를
저승 가면 서동처럼 만날 수 있으려나

만나게 되면
노트르담의 꼽추가 되거나
벙어리 삼룡이가 되기도 하고
신발을 신겨드리는 종이 되어도 좋으리.

곁에서 바라볼 수만 있다면
종이 되어도 좋고, 노예가 되어도 좋으리.

목화를 따서 수레에 담아 끌고 오는
저 아프리카 흑인 노예처럼
채찍을 맞아도 우리 님의 손에
등짝이 터져서 피가 흘러도 좋으리.

놓친 열차는 아름답다 하지만
놓치고는 살 수 없는 가슴 속 무지개
꿈에 떡 얻어먹는 꿈이라도 꾸어보리.

골담초 꽃을 보면

― 詩創作 類推能力

골담초 꽃을 보면
윤옥이가 생각난다.
윤옥이의
예쁜 누나가 생각난다.

그 누나를 만나기 위해
예배당에도 함께 가고,

윤옥이 하자는 대로
초등학교 교재원의 골담초를 캐어서
바짓가랑이에 숨겨가지고
철조망 개구멍을 빠져나와
윤옥이네 화단에 심던
그 꽃 도둑 추억도 생각난다.

윤옥이 누나 만나려고
꽃을 훔친 꽃 도둑이 되어
예배당에서 하던 기도도 생각난다.

하나님, 제가 꽃을 훔쳤습니다.
누나 만나고 싶어서
윤옥이 하자는 대로
골담초 꽃나무 훔치다보니
꽃 도둑이 되고 말았습니다.

하나님, 이렇게 빕니다.
용서하여 주십시오.
다시는, 참말이제
누나 만나지 못해도 좋습니다.

원두막 풍경

언제 적 일인가
아스라한 추억 속에
달 돋듯 얼굴들이 떠오르던 게…

계절의 여왕이 납시는 성하지절에
경주 코롱호텔 뒤뜰 원두막에서
신선놀음을 하고 놀던 때가…

원두막에 오른 문사文士들은
적당히 익어가는 강냉이 계절에
잔을 주거니 받거니 돌리었느니라.

박연구와 김규련 문혜영, 그리고 또
슬로우진을 좋아하는 전주의 최중자도
사다리로 올라와서 동석하였느니라.

바람은 거나하게 취해서 불고
점유한 산천초목은 우리들 차지

휘영청 밝은 달 위에 반짝이는 별들
우리들의 이야기는 그 위에
들불처럼 몽개몽개 타고 있었느니라.

채송화

어머니가 애지중지하셨는데
도시가 생기면서부터
장독대와 함께 사라진 꽃
뜸부기 뜸북뜸북 하루살이 꽃

땅에 붙은 채
낮게 자란다고 해서 땅꽃,

여름 철새
뜸부기가 날아들 때
피어난다고 해서 뜸북꽃,

잎은 작아도
꽃은 장미처럼 화려하다고해서
영어 이름으로 장미 이끼(Rose moss),

"빵 사줘!"
유언 같은 말을 남기고

숨을 거둔 누이동생
순애의 순한 눈을 닮았다고
애장터에서 명명한 순애꽃.

채석강

장색匠色의 神이 빚은
책의 본고장이다.

원시의 숲이
원시의 뼈가
수억 년 수수억년 불과 바람에
대장장이 담금질을 거쳐
빚어 만든 섭리의 결정체다.

파도는 넘실넘실 책장을 넘기고
성애의 바람은 은둔의 비밀을
아빨 허옇게 드러낸다.

은밀한 허리에
숨겨진 상징과 은유
神의 영원한 귓속말이다.

천년의 바람

신라 학승 혜초慧超는
수만리를 걸어서
모래바람 맞으며 둔황敦煌을 지나
여러 천축국
인더스강을 건너고
타클라마칸 사막을 지나
데칸고원, 파미르고원을 넘어
둔황의 밍사산 모래언덕
오아시스 물을 마시고
막고굴을 보셨던가.

비행기라는 이름의 날틀로
둔황에 다녀온 나는
선풍기 바람을 쏘이면서
천 년 전 바람을 더듬고 있는데

李重熙

영성으로 통찰하는 시선은
해맑은 호수보다도 깊고
그림으로 말하는 입술의 기운은
지층, 암반보다도 무거우며
용광로 불길, 화산보다 뜨거우리.

불상도 환희에 춤추게 하는
아, 저 신들린 붓 끗!
용마루에서 너울대는 박잎처럼
자유로이 너울대는 무녀의 몸짓
화성의 화필이다, 신필이다!

불상도 환희에 춤추게 하는
아, 저 신들린 붓 끝!
마쓰나가 시인까지도
감동의 눈물 뿌리게 하는
부드러운 꽃과 날카로운 칼
말씀으로 불사르는 화염검인가.

정밀한 선풍에 바람도 자고
행운유수 일어나면 천지가 녹아나는
아, 저 심오한 변상의 수수께끼
순간과 영원이 동거하는 화실엔
암유의 달빛도 풀잎을 연주한다.

미문일기 다비식茶毘式

나를 버리기 전에
언어의 잔해부터 버리고자 했다.

진실이 배어있는 언어라 하지만
잡다한 신변의 언어들의 모임.

사리舍利와는 상관없이
좋은 인상만 남기고 가려고
한 세상 발자취를 모아 태운다.

일기책이 사라지게 되자
허무를 배운 제자 하나
종이컵에 재를 담는다.

사리도 아니고 뼈도 아닌데
아무 소용도 없는 언어의 잔해를
접골하듯 담고 있었다.

미문일기美文日記의 잔해殘骸를
어디다 뿌리려는지……

할머니 타이밍

경제학의 ABC는
적은 투자에 큰 효과
밀가루 한 줌으로 성찬을 이루신다.

가파른 보릿고개 험산준령을
할머니는 싸목싸목 허위허위
밀가루 한 줌으로 잘도 넘으신다.

무쇠 솥에 물을 붓고
아궁이에 불을 지피면서
밀가루 반죽을 하시더니

솥에 수제비를 떼어 넣을 때
물은 끓기 시작하고
울타리 애호박 따다가
쏭쏭쏭 썰어서 솥에 넣을 때는
무쇠 솥 물이 펄펄 끓어 제킨다.

장독에서 떠다 놓은 간장을
알맞게 치기만하면
절묘한 솜씨의 무등 요리가 된다.

학고다산 八甲田山

얼어서 죽지 않고
살아남은 전우들이
눈을 털고 행군을 시작할 때마다
울려오는 소리 —
그 귀신 씨나락 까먹는 소리는
행진곡이면서 장송곡이었다.

만주 북방
쳐들어가는 쪽쪽 얼어 죽으므로
일본의 기다(北)알프스
학고다산(八甲田山)을 선회하는 행군에서
일개 부대가 거의 다 얼어 죽고
동상으로 팔 다리 잘려 살아온 전우는
불과 몇 명 되지 않았다.

우리의 학고다산은 백제의 황산벌
계백장군의 비장한 칼날
가족을 모조리 날리고

말갈기 휘날리는 하늘……

행진곡과 장송곡의 비장미悲壯美였다.

파련波蓮

연꽃이 물결로 오시네.
연꽃 물결이 넘실대며 오시네.

연제까지나
향기를 잃지 말자고
맹세한 매창梅窓의 시조가락
물무늬 꽃무늬 일렁이며 오시네.

꽃잎의 꿈은
힘찬 산맥 안하雁下 연봉連峰 구풀구풀
하늘 연못 뿌리에서 만나서
언제나 화사한 꽃을 피우네.

천년이고 만년이고
굽이굽이 꿈을 펴며 살라고
연꽃 물결 일렁일렁
꽃무늬 물무늬 일렁이며 오시네.

전라선특급열차

선풍기는 잘도 돌아가고
바퀴는 잘도 굴러가는데
제대로 돌아가고 굴러가는 게
보이지 않는 세상이다.

식당도 없는 특급
확성기에서는
코맹맹이 소리가 나고
천정에 붙은 벙어리 매미처럼
형광등은 일곱 개나 꺼지고
애꾸눈 같은 몰골로
희멀겋게 죽어 있다.

몇 차례인가 길을 비켜주고 떠나는
내가 탄 열차는 전라선특급
1981년 5월 6일 6시 반경
56호석에 앉은 나는
점심을 굶은 채 눈도 감은 채
지구성 한 끝을 가고 있었다.

여우 이야기

눈이 싸목 싸목 오시는 밤
최요옹허게 눈이 오시는 밤에
어머니는 여우 이야기를 들려주셨다.

옛날 옛날 한 옛날 아득한 옛날
호랑이 담배 피우던 시절에
날 선비가 한양 천리 과거보러 갔단다.

산길을 걷다가 날이 저물어
하룻밤 유할 곳을 찾는데
숲속에서 불빛이 반짝여서 가 본개
고래 등 같은 기와집에
예쁜 처자 혼자 살더란다.

과거 볼 것도 잊은 채
그 처자와 깨를 볶고 살다 보니
백년 묵은 여우였다더라.

그러니 너는 제발
요염하게 얼굴 번드름헌 처자보다는
마음씨 착한 처자를 만나야 쓰것다.

알것냐, 알것제?
어머니는 진지하게
주먹을 들이대면서
노루처럼 캑캑 웃어쌈서
다짐을 받으셨느니라.

콜드웰의 푸줏간 이야기

정규직 귀족 노조를 빼어 박은 푸줏간 주인은
억대 버금가는 연봉에 살이 디룩디룩 쪄서
비만의 몸을 가누기가 힘이 들어서
궁리 끝에 고안해 낸 게 낮잠이다.

한여름 태양이 기승을 부리는 성하지절에
옷통 벗은 푸줏간 주인은 더위를 참지 못하고
기상천외한 일을 저지르는 것이었다.

도마 대용으로 고기 써는 널빤지에
수돗물 한 바가지를 끼얹고는
냉장고에서 꺼낸 쇠고기 뭉텅이를
목침처럼 썰어서 베고 낮잠을 즐기는데,

비정규직 굶주린 파리들이
피 냄새를 맡고는 견물생심 날아든다.

콜드웰의 '토요일 오후'

널빤지에 붙어있는 피의 맛을 보겠다고
기를 쓰고 들어오려는 바깥의 비정규직 파리들과
피의 맛에 길이 든 안의 정규직 파리들이
들어가겠다느니, 들어오지 말라느니
옥신각신하다가 싸움은 드디어 공중전으로 전개된다.

그 옛날 아침의 나라 조선의 풍속도는
들녘에서 일하다가 밥 때가 되면
지나는 나그네도 불러다가 먹였는데
오늘의 정규직 파리들은 비정규직 파리들이
발을 붙이지 못하도록 공중전을 벌이고 있다.

그 옛날 농부는
고봉밥을 덜어주면서
찬은 없어도 밥이나 많이 드시라고 하였는데…

제2부 신오감도 新鳥瞰圖

한지창 韓紙窓

말려둔 꽃잎을 창호지에 붙이면
안온한 꽃잎 세상이 된다.

창호지 마른 지창엔
달빛이 새어들고
거기에 구멍을 내면
새로운 낭만 풍경이 보인다.

살대의 짜임새는
따살 용자살 완자살 아자살
숫대살에 이르기까지
다양한 꽃잎으로 변주된다.

문풍지 소리도 부드러이
직사광선도 거르고
아늑한 극락을 이루는
향수의 공간
안온한 꽃잎나라 세상이 된다.

청보리 2

눈의 나라 언덕에서
누가 하모니카를 부는가.

하얀 눈 속에서
초록으로 솟아오르는 손
그 손을 잡아 흔들면서
끊겼다 이어지는 듯이
누가 또 아쟁을 켜는가.

청보리 밭에서 들려오는
하모니카와 아쟁 소리는
설야雪夜 바람 재우는 소리—

눈 쌓인 청보리 밭에 바람은 자고
잔잔한 바람에 간간히 흔들리는
초록의 손들
미동도 예민한 언덕에
쌍곡선을 이루는

하모니카와 아쟁 소리에
초록 손들이 가늘게 떨린다.

끊겼다 이어지는
에밀레종소리처럼……

시론詩論 15

숲은 원시의 도시인가
Y로 싹이 나다가
임립林立한 자연의 저자거리에
새로운 문명의 시가 탄생된다.

이는 마치
지게를 만드는 사람이
무성한 YY들의 숲속에서
yy나무를 발견한 것처럼
시의 주제에 어울리는 제재題材를 찾는다.

태초에 말씀이 계셨듯이
Y와 Y 이전부터
시인의 마음 항아리 속에
y와 Y가 살고 있었다.

바둑판에서 위성들 도킹하듯이
첫날밤 혼야婚夜에

시를 잉태하게 되었다.

파블로 네루다의 농부처럼
하얀 언덕, 검푸른 골짜기
생명의 샘이 솟는
시원의 숲속을 헤매던 끝에.

시론詩論 16

― 正分合 原理

태초에 관계가 있었느니라.

관계는 플러스와 마이너스 전류로 생성되어
삼라만상에서 인간 소우주까지 흐르더라.

참으로 오묘하고도 아름다운
플러스와 마이너스 전류는
남남에서 쌍쌍관계로 발전하느니라.

잘 주고 잘 받는 수수작용을 일으키는
인간과 우주의 관계양상은
컨덕터를 중심으로 화음 되어 나오느니라.

태초에 상호 관계가 있었느니라.

항아리

아파트 경비원이
망치로 내려쳐 바수어서
종량봉투에 넣어 버리라 한다.

아버지와 고모,
어머니와 이모, 그리고 누이들,
할머니와 상 할머니 적부터
대대로 내려오면서 함께 숨을 쉬어 온
우리 집 한 식구를 깨부수어 버리라 한다.

울밑에 선 봉선화
맨드라미 채송화도 장독대와 한 식구
해바라기와 풍경을 도왔었는데,
김치냉장고에 밀려나게 되어
처치곤란하다고 버리라 한다.

시를 잘 쓰려면

― 詩創作法

시를 잘 쓰려면
시를 사랑해야 하느니라.

시를 사랑하게 되면
떨어져 살 수 없느니라.

시가 그리워서, 시가 보고 싶어서
시와 함께 살게 되느니라.

그리운 시를 읽고
보고 싶은 시를 보고
시를 열심히 쓰노라면
시에 젖어 시인이 되느니라.

시와 더불어 사는 길에
사랑의 꽃이 활짝 피고
시와 더불어 사는 길에
생명의 벌 나비 날아드느니라.

서울 나비 1

차들이 흐르는 종로3가에서
나비 하나 침몰하고 있었다.

어느 시골에서 날아왔는지
서울 지리에 익숙하지 못했다.

택시의 유리창에 부딪치면서
가녀린 날개를 파닥이고 있었다.

신호등 앞에서 멈추었던 차들이
다시 움직일 때
그는 꽃잎처럼 나풀거렸다.

길바닥에 침몰한 주검 위로
차들이 태연하게 굴러가고 있었다.

나비의 죽음을 보듯이
누이의 죽음 위에서 수많은 죽음을 본다.

유관순 누나의 죽음……
정신대 누나의 죽음……
환향녀 누나의 죽음……

밤낮을 뒤집어 입고 살아가는
나비가 침몰하듯이
미친 세상이 침몰하고 있었다.

서울 나비 2

시골서 올라온 나비가
본의 아니게 화장을 하고
물마시듯 술을 마시고 있었다.

플라스틱 꽃처럼
웃음으로 굳어있는
나비 같은 여인이 당한 이야기
파푸장이 같은 원죄의 뿌리
마지막 보루가 무너지고 있었다.

시멘트를 쓸다가 망가진 몽당비처럼
도시의 아픔을 마시던 나비마담은
쉽게 망가져 죽었다 깨어나고
아픈 신경을 짜깁기할수록
찢겨져나가는 거짓 연애로 속아 산다.

열심히 살기 위하여
열심히 죽는 나비가

앨범사진에서 자기 얼굴만 오려낸다.

자동차 바퀴에 깔려죽은 나비들
얼굴이 사라진 사진껍질들……

허공虛空

고향에 도서관이 생겼다기에
차를 몰고 빗속을 달렸다.

서울에서 오수까지
천리 길을 달려갔더니
직원 한 사람이 관장인 셈이었다.

밥은 굶어도 책은 굶지 못하여
수 십 만원에서 수 백 만원까지
사 모은 책들을 주겠다는데
열흘이 지나고 보름이 지나도
감감 무소식이었다.

아서라 말아라
기대하지를 말아라
죽기 전 하루라도
고향에서 글을 쓰려 했는데
고향 꿈은 꾸지 말아야 하나보다.

화장지의 끝없는 윤회

어머니가 화장지를 말아 감고 계신다.
돌돌돌 말아 감은 화장지를 물에 담그신다.

젊은 날, 목화를 심어서
무명실을 감으시듯이
삼 껍질을 벗겨서
삼실 올을 감으시듯이
화장지를 돌돌돌 말아서
세숫대야에 담그곤 하신다.

치매에 걸리신 어머니가
아들아이 집에서도
딸아이 집에서도, 노인정에서도
화장실에 들어가면 어김없이
화장지를 끝없이 감으신다.

화장지를 하염없이 감고감고
둘둘 말아 감으면서

목화밭으로 삼밭으로 헤매시는가.

화장지를 돌돌 말면서
물레를 돌리시는가?
달달달달 다르륵 달달달달―
시름을 감아 돌리면서
청상靑孀의 앙금을 푸시는가.

세숫대야에 풀어진 화장지는
어머니 슬픔의 앙금들인가
구름처럼 떠나지 못하고
머뭇머뭇 머뭇거리네.

신오감도 新烏瞰圖 1

여호와 하나님이 아니라
돈의 신神으로 납신 까마귀가
하늘에서 내려다보는 가운데
제1의 선장이 도주하오.
제2의 선원들이 도주하오.
제3의 선주가 도주하오.
제4의 안전행정 공무원들이 도주하오.
제5의 해양경찰들이 도주하오.
제6의 국회의원들이 도주하오.
제7의 법관들이 도주하오.
제8의 관료들이 도주하오
제9의 .관리 감독관들이 도주하오.
제10의 뺀질이들이 도주하오.
제11의 정치 선동꾼들이 도주하오.
제12의 변질된 촛불들이 도주하오.
제13의 사이비 신도들이 도주하오.
돈의 신이 공중에서 내려 보는 가운데
무책임과 무능과 비겁과 몰염치,

전관예우 솜방망이가 도주하는 가운데
선생님들의 출구는 보이지 않았소.
승무원들의 출구는 보이지 않았소.
학생들의 출구는 보이지 않았소.
자원봉사자들의 출구도 암담하오.
잠수부들이 뚫는 출구는 돈의 신을 지나
제물들로 트이기 시작하오.
선생님들의 살신성인으로
학생들의 살신성인으로
승무원들의 살신성인으로
잠수부들의 살신성인으로
자원봉사자와 국민의 눈물 빛으로
되살아난 내일의 태양이 떠오르오.

신오감도新烏瞰圖 2

– 돌 곪은 군피아

나의 군대생활 3년은 늘 배고팠다.

양재기 밥 한 그릇 위에
국 한 그릇을 부어도
넘치지 않는 까닭을 모른다.

6.25 전쟁 때는
군 간부들이 제2국민병 돈 빼먹다가
군법회의에 넘겨 총살당했다.

문둥이 콧구멍에서
마늘씨를 빼어먹는 놈들
쌀이 돈이 되고
기름도 돈이 되어
부정부패가 만연하였다.

군사기밀 빼돌리다 쇠고랑을 차고
방위산업청과 공군본부 영관급 장교들에

돈을 주고 군사기밀 넘겨받는
짜고 치는 화투……
장교출신 무역대리점 대표가 쇠고랑을 찼다.

염불에는 뜻이 없고 잿밥에 눈이 어두워
나라를 좀먹고 있으니
나라 팔아먹는 매국노에
포청천은 개작두를 대령하렸다.

군피아는 허가 낸 도둑놈들
군피아 척결 없이 강군육성 요원하다.

신오감도 新鳥瞰圖 3

– 무너지는 소리

종교가 마지막 보루라 여겨왔는데,
다른 것은 다 썩어간다 할지라도
썩고 썩고 또 썩고 돌 곪는다 할지라도
종교는 썩지 않는 소금이라 여겼는데,
이제는 종교마저 짠맛을 잃고 빛을 잃었는가.

종교는 더 이상 소금이 아니요 빛도 아닌가?
어제는 사이비 종교가 세월호를 침몰시키더니
오늘은 4대 종단 지도자들이 발 벗고 나서서
말도 안 되는 미친 소리로 보루를 허물어뜨리는가?

말세의 징조 불길하게도 무덤에서 시체가 일어나
사제복을 입은 까마귀가 가악呵惡 가악呵惡 짖어대더니,
4대 종단 지도자들이 반성 않는 내란음모자 선처하라고
넋 빠진 소리로, 마지막 보루를 허물어뜨리는가?

말세에는 불의의 호위무사가 나오고,
4대 종단 지도자가 역적의 호위무사가 되는가?

약수도 변질되면 페놀 강물이 되듯이
영민하던 진돗개도 늙으면 제 똥을 먹더라.

정치가 썩어도, 경제가 썩어도, 문화가 썩어도
마지막 보루인 종교가 썩지 않으면 괜찮다고
의지하고 기대며 살아왔었는데,
마지막 보루가 무너지는 소리 요란하게 들린다.

불길한 까마귀가 가오呵惡 가오呵惡 짖어댈 때
마지막 보루 우르르 무너지는 소리 들린다.

신오감도 新鳥瞰圖 4

– 내가 누군지 알아?

톱니가 날카로운 억새바람이
더러운 악구惡口로 칼질하고 있었다.

"내가 누군지 알아?"
"국회의원이면 다입니까?"

갑甲이 을乙을 깔아뭉개는
집단무의식이 깔려있는 나라에
억새 혀들이 양심을 갉아먹고 있었다.

까마귀가 공중에서 내려 보는 가운데
한탄강이 한탄하는 소리를 내고
한강이 한스럽게 呵獄 呵獄
까마귀 흉내를 내고 있었다.

고관대작들의 부정부패
약육강식이 판을 치는 동토에
약자중의 약자인 대리기사 입에서

희망의 새싹이 돋아나고 있었다.

"국회의원이면 다입니까?"

순수한 항변에서 미래의 새싹을 본다.

추악한 암 덩어리를 잘라내는
혀는 불의 말씀,
꿀 먹은 종교벙어리보다도 신선했다.

신오감도 新鳥瞰圖 5

– 돌 곪은 군피아

무서운 아이의 가랑이 밑으로
무서워하는 아이가 기어가오.

무서운 아이가 갈등을 부채질하면
무서워하는 아이가 기침을 콜록이며
가랑이 밑으로 기어가오.

무서운 아이가 칡덩굴로 얽어매면
무서워하는 아이는 그 칡덩굴에 묶인 채
불안과 공포의 가랑이 밑으로 기어가오.

무서운 아이가 등나무덩굴로 묶으면
무서워하는 아이는 팔을 묶인 채
전율하며 가랑이 밑으로 기어가오.

무서운 아이가 반목反目의 눈을 부라리면
무서워하는 아이는
그 억압과 반목의 가랑이 밑으로 기어가오.

무서운 아이가 충돌의 주먹을 휘두르면
무서워하는 아이는 기가 질려
퍼렇게 멍 든 채 가랑이 밑으로 기어가오.

무서운 아이가 접근의 끈으로
죽어라고 목을 조이면
무서워하는 아이는 회피의 가랑이 밑으로
까옥 까옥 울부짖으면서 기어가오.

신오감도 新鳥瞰圖 6
– 골목대장

시간을 낭비한 죄를 무서워하던
빠삐온이 지하감옥에서 죽었는지
위에서 내려 보던 간수처럼
무서운 아이가 공중에서 내려보는 가운데
소름끼쳐 무서워하는 아이가
칼 마르크스 책에 눈을 흘기고 있소.

달콤한 말에 엿 바꿔먹는
투쟁의 덫에 눈을 흘기고 있소.
역사책을 찢어서
밑씻개하던 아이들이 무서워하고
옭아매는 칡덩굴을 무서워하고
꽈배기 트는 등덩굴을 무서워하는 아이가
깨어진 달걀에 눈을 홀기고 있소.

껍질은 노동자 농민이라고
껍질은 무산계급의 전위라고
흰자 노른자 배자 할 것 없이

모조리 타도하고 지상천국을 만들겠다는
감언이설에 눈을 흘기고 있소.

무서운 아이와 무서워하는 아이
철없는 불장난이 무섭기만 하오.
무서운 아이도 무서워하는 아이도
골목은 여전히 대책이 없소.
골목대장은 누가 해도 상관없소.

달리거나 말거나 그런 헛수고는
하거나 하지 않거나 상관할 게 없소.

신오감도 新鳥瞰圖 7

― 염치廉恥

염치없는 고양이가 쓰레기통을 뒤지오.
일본고양이집에 살던 조선고양이가
쥐는 잡지 않고 쓰리기통을 뒤지오.

어처구니없어서 하염없게도
어이없는 속수무책으로
쥐는 보는 둥 마는 둥 쓰레기통을 뒤지오.

쓰레기통은 누가 뭐라 해도
배불러 좋고 편안해서 좋다고
비정상이 정상을 타고 앉는 마당에
아무려면 어떠냐고 오히려 큰소리치오.

스웨덴 가구업체 상점에서
고객의 편의를 도모하여
비치해놓은 몽당연필을
몽땅 슬쩍해서 팔아먹는다고
인터넷 매매 사이트가 야단법석이오.

2년 치 몽당연필이
두 달도 안 되어 동났다고.

일본고양이를 빼박은 조선고양이는
돌연변이 역사책처럼 뻔뻔스럽소.
애꾸눈이 고양이가
두 눈 멀쩡한 고양이를 비아냥거리오.

이승만 박정희 전 대통령을
히틀러와 일왕日王에 비유하여 비난하는
애꾸눈이의 걸아乞兒 울음을 고발하오.

술 냄새를 풍기며 메스를 가하는
의사는 염치가 없소.
조난당한 여객선에서 가장 먼저 탈출하는
선장은 염치가 없소.
나라 훔친 일본고양이, 36년 야금야금
조선고양이 길들이더니

오리발 내밀며 역사 왜곡하는
정신 나간 비정상도 염치가 없소.

신오감도新鳥瞰圖 8

― 직간直諫

檀帝紀元 4349年(西曆紀元 2016年) 春三月인데도
꽃은 필까 말까하다가 몰아치는 눈보라에
까마귀가 공중에서 무섭다고 말하오.

제1의 정치 전과자가 무섭다고 까옥까옥
제2의 폭력 전과자가 무섭다고 까옥까옥
제3의 세금 체납자가 무섭다고 까옥까옥
제4의 병역 기피자가 무섭다고 까옥까옥
제5의 음주 운전자가 무섭다고 까옥까옥
제6의 음주측정거부자가 무섭다고 까옥까옥
제7의 교통 방해자가 무섭다고 까옥까옥
제8의 집시법 위반자가 무섭다고 까옥까옥
제9의 절도 주거침입자가 무섭다고 까옥까옥
제10의 알선 수재범이 무섭다고 까옥까옥
제11의 무면허운전자가 무섭다고 까옥까옥
제12의 농지법 위반자가 무섭다고 까옥까옥
제13의 국가보안법위반자가 무섭다고 까옥까옥

국회의원 300명을 뽑는데 무섭다고 까옥까옥
전과자 기록에 오른 자가 286명 무섭다고 까옥까옥
전과자가 40%라니 무섭다고 까옥까옥
국회의원회관 간판을 쓰레기통으로 바꿔야 한다고 까옥까옥

바꾸어 달아도 까옥까옥
바꾸어 달지 않아도 까옥까옥

신오감도新鳥瞰圖 9

− 꼴뚜기 망둥이 미꾸라지

13인의 전과자들이 법을 주무르려하고 있소
(선량들의 병신육갑은 썩은 새끼줄이 적당하오.)

제1의 사기꾼들이 썩은 새끼줄로 목을 매 육갑하오.
제2의 공갈범들이 골프채를 휘두르며 육갑하오.
제3의 폭행범들이 몽둥이를 휘두르며 눈을 부라리오.
제4의 음주운전자들이 대로에서 거들먹거리고 있소.
제5의 세금체납자들이 얼굴에 철판을 깔고 있소.
제6의 병역면제자들이 뻔뻔스럽게 거리를 활보하오.

法의 심판을 받은 전과자들이 法을 만들겠다고
여의도 게딱지 속으로 들어가겠다고
어처구니없게도 기를 쓰며 설치고 있소.
반사회적 경력을 지닌 전과자들이
국회의원후보가 되어 냉소와 미소를 제작하고 있소.

후보등록자 729명 중 벌금 100만 원 이상의
전과기록자가 무려 383명이오.

40.6%가 전과자라니 이런 진드기가 세상천지 어디에 있겠소?

무궁화 갉아먹는 진드기는 디디티를 뿌려도 소용이 없소.

제7의 아이가 전과 10번이 무섭다고 말하오.

제8의 아이가 전과 6범도 무섭다고 말하오.

제9의 아이가 전과 5범도 무섭다고 말하오.

사기에다 배임에다 특수공무집행방해까지

음주운전에다가 음주측정기 거부에다 농지법 위반 등등

새누리당 80명, 더불어민주당 99명, 국민의당 67명, 무소속 32명.

불법 탈법을 밥 먹듯 저지른 범죄자가 법을 만들어 주무르겠다니

소가 웃을 일이요, 개가 웃을 일이요, 밴댕이가 웃을 일이요.

남성후보자 844명 중
군복무를 하지 않은 후보가 143명이니
병역면제비율이 16.9%라 하오.
5년간 세금을 내지 않은 적이 있는 후보자가 129명
13.6%에 이르러 전과자 세금체납자 병역미필자가 우글거리오.

썩은 새끼줄로 고대광실을 짓겠다고 말하오.
달콤한 말을 귀양 보내는 범죄 전과자들이
꼴뚜기 망둥이 미꾸라지 난무가 가관이오.
(소용없는 바보행진에는 차라리 썩은 새끼줄이 적당하오.)

혜초처럼

혜초처럼
그물에 걸리지 않는 바람처럼
스님처럼
막대로 흰구름 가리키며
정처 없이 떠나는 노승처럼
그렇게
구름에 달 가듯이 걸으리.
춘풍 같이 유유자적하게 걸으리.

혜초처럼
둔황에 해가 지면
막고굴에서 눈을 붙이고
목마른 약대처럼
오아시스에 목을 축이고
달빛이랑 별빛이랑 친구삼아
끝없는 도의 길을
싸목 싸목 걸어가리.

바지게의 달

굴렁쇠 굴리던 고샅길을
아버지는 풀꽃을 지고 오셨다.

하늘에는 보름달
땅에는 꽃무리
바지게에서 너울너울 춤을 추었다.

아버지 바지게에서 춤추는 꽃들
새 하천 밭에 밑거름이 되어
우리 가족 겨울 식량
무 되고 배추 되고 김치 되었다.

아버지가 지고 오신
보름달 속에서
풀꽃들이 웃고 있었다.

모래밥 이야기

톨스토이도 소크라테스도
그의 아내들은
철저히 사육했나보다.

예배당엔 개근하는 권사님께서
시어머니는 사육하지도 않고
나 몰라라 나 몰라라
천방지축 내어 쫓아도
사육당하는 남편들은 무능하다.

말이 거칠어도
천당의 아랫목은 맡아놓은 줄 안다.

욕설을 탈곡하는 권사님 뒤
마귀가 문밖에서 들어오려 할 때
무능한 남편은 모래 밥을 씹는다.

눈을 지긋이 내리감은 채

상상의 단술을 마시듯
모래 섞인 밥을 건져먹는다.

욕설 섞인 아내의 모래 밥에
냉수를 붓고 건져먹으며
사반의 십자가를 떠올린다.

쟁기자세 여음餘音

– 요가 예찬

온종일 내리는 눈을 맞으며
물구나무 치열하게 서면서도
침묵에 잠겨있던 쟁기가 눕는다.

옥玉이 쟁반에서 구르듯
암반을 맴돌던 물이
바위를 타고 구르는 소리.

쟁기자세 끝에 주어지는
영화 피아니스트의 전설의 편안함은
더 할 나위 없는 극락極樂,
이승에서의 정밀靜謐한
일생일대 휴식의 보금자리

죽을 때는 더도 말고
이 상태로 죽었으면…

편안함의 극치

안온함의 극치
가슴속 여음은 옥수玉水인 듯 맑아라.

제3부 호수에 나는 새

청보리밭

까끄라기는 아무도 모른다.

물결치는 소녀들의 머리카락이 휘날릴 뿐
보리 까끄라기는 아무도 모른다.

아름다운 것은 저만치의 세계
김소월이 노래한
저만치의 율동
리듬체조가 한창이다.

지그재그로 물결치는 매스게임
혼신으로 물결치는 인해人海의 매스게임
싱그러운 초록의 물결 속에
까끄라기가 자라고 있는 줄을 아무도 모른다.

무지개는 영원한 저만치
오로라가 흐를 뿐…

도마

세월의 흔적이 손금처럼 갈라져
상처를 모름지기 감추고 있다.

날카로운 식칼을 피하지도 않은 채
온몸으로 다스린 숙명의 가슴

가슴은 좁아도
하해와 같이 넓은 배려

하늘을 보고 누운 채
운명으로 받아들인다.

언제나 받아들이는 칼날에서
순애하는 인생을 배운다.

홍시 紅柿 2

멀리서 바라보면 아름답지만
가까이서 보게 되면 서럽기만 하다.

하늘의 구름이 걷히는
늦가을과 초겨울……
호수 빛 하늘에 빨간 수를 놓은
까치밥의 아름다움과 슬픔
기꺼이 순교의 피를 은유한다.

청춘의 떫은 시절의 상처가
가까이에서 보면 볼수록
잔주름으로 서럽게 보인다.

도마 위에 무채를 썰듯
착착착 갈라진 잔주름 사이로
투명한 햇살이 축복처럼 고인다.

호수에 나는 새

푸른 꿈꾸며
호수에서 나는 새
날개를 파닥이며 치솟아 오르더라.

대자연의 보금자리에
노래로 꿈을 펴며 솟아오르더라.

그의 음악은 아름답고
그의 날갯짓은 절묘하더라.

그의 발성은 신기하고
그의 순간은 영원으로 이어져

딴전을 부리는 듯한 그의 눈길은
밤하늘의 별빛,
호수의 은유로 가득하더라.

삭정이 2

불쏘시개 된 삭정이처럼
장모님은 97세에 영면하셨다.

한 끼에 야쿠르트 하나
빨대로 연명하시다가
시나브로 증발하셨다.

가실 때는 말없이
머리 풀고 떠나는 연기처럼
가볍게 시나브로 승천하셨다.

커피의 발견

6.25 전쟁 때
오수 촌놈이 아는 게 없었다.

미군 병사가
왜 나에게만 상자를 주었는지
지금도 알지를 못한다.

그 많은 아이들 가운데에서
왜 나에게 선물을 안겨주었는지를.

요술램프 같은
상자를 열어본 나는
도무지 아는 게 없었다.

낫으로 통조림을 찍어 먹다 말고
작은 봉지를 뜯어 핥아보았다.

침이 묻자 끈적끈적한 게

몹시 썼다.

다른 봉지를 뜯어 핥아 보았다.

아주 달았다.

또 다른 봉지도 뜯어 핥아보았다.

비리하니 비린내가 났다.

설탕가루만 제하고는

도무지 알 수 없는 맛이었다.

진주 1

내 가슴
진주가 빠져나간 자리에
허무가 쌓이면서부터
불면의 밤이 길어만 갔다.

밤새도록
진주를 찾아 헤매다가
체념의 재가 허무하게 날리고
인생의 쉼표 벤치 앞에는
기왓장 하나 남지 않았다.

어디로 갔을까
마파람에 허무가루가 날리면
추억은 사치스럽게도
볕이 반짝 떠들다가 사라진다.

진주 2

잊어버리자고
차라리 잊어버리자고
수없이 다짐을 하다가
잠을 설치고, 불면의 밤을 지샌다.

자승자박이라고
내 손을 내가 묶은 셈이라고
스스로 수없이 물어뜯으면서
자성을 하다가
불면에 발목 잡힌다.

잠 못 이루는
불면의 포로가 되어
빠져나가려고 발버둥치는
번뇌의 어망魚網,
차라리 잊어버리자고.

진주 3

악구惡口는 욕설의 탈곡기인가
거침없이 쏟아져서
속이 만신창이가 될수록
진주가 커가는 중.

잘못 들어온 모래알이
간에서 쓸개에서
요동을 칠 때마다
나에게 최면을 거는 것은
진주가 다듬어지는 중.

아픔이 크면 클수록
내 속의 진주가 커가는 중
통증이 심하면 심할수록
내 속의 진주가 다듬어지는 중

살고자 할수록
내 속의 진주는 죽고

죽고자 할수록
내 속의 진주는 사는 중.

뿔이 있어 좋다고

― 진을주 선생님 추억

신석정 시인의 서문을 얹으셔서
처녀시집 『街路樹』를 상재하시고
뿔이 있어 좋다고 하셨지요.

뿔을 닮은 나무는 그리운 사슴처럼
뿔이 있어 좋다고 하셨지요.

"가로수 내인 길을
두고 온 고향을 문득 가고픈 겨울보다도
어린 사슴의 어린 뿔 같은
그 뾰족한 가지에 수액을 타고 나온
파아란 새싹으로 하여
대지의 숨결을 내뿜는
가로수는 뾰족한 뿔이 있어 좋다"고.

계절의 숨소리 들려서 좋다고 하시면서
인생과 자연에 대한
참신발랄하고 투명한 인식을 보이시고

이미지즘을 주창하셔서
읽는 시에서 사색하는 시로
은유에 치중하여 표현하실 뿐
떠받을 줄을 모르셨지요.

산향山香의 관이 향기로운 사슴뿔처럼
선량한 눈빛, 슬픈 눈짓으로
가로수 팔을 벌려 향일向日할 뿐
한 번도 떠받을 줄 모르셨지요.

夕汀 선생은 어머니에게
염소가 어찌하여 떠받느냐고 하셨는데
乙洲 선생은 떠받을 줄도 모르셨지요.

* 『지구문학』(69호, 2015년 봄호)에 발표.

한옥마을에 가면

한옥마을에 가면
조상들이 마중을 나온다.

기와지붕과 처마를 보면
새가 나는 몸짓을 하면서
장독들을 알처럼 품고 있는
고풍스런 옛 모습이 보인다.

언제나 하늘을 머리에 인 채
정겹게 미소 짓는 우리 할매
화로에선 된장이 보글보글 끓는다.

살구나무 가지에 달이 걸리면
간장독 고추장독 약탕관까지
털리는 눈 사이로 정겹게 빛난다.

깻묵 냄새

전주 이씨 황등 댁 이신화 할머니
치맛자락에서는 언제나 깻묵냄새가 난다.

기름을 짜낸 깨의 찌꺼기
들깻묵 냄새도 들큰꼬숩게 나고
참깻묵 냄새도 쓰큰꼬숩게 난다.

잔칫집에 가시면
깨강정 콩강정 곶감 대추
손자 생각에 넘기지 못하고
손수건에 싸오셨지.

고샅 고샅 배어있는 할머니의 숨소리
그 치맛자락에서는 언제나
야릇한 깻묵 냄새가 난다.

원행 遠行

참으로 멀리 왔습니다.

자장면을 즐기던 시절에는
나무젓가락을 감싼 종이옷에
인쇄된 글씨에도 "감사합니다."였는데,

요즈음은
감사함을 모르고 삽니다.

주변의 하이에나들이
동에서 집적, 서에서 집적
집적거리는 와중인지라
오늘도 무사해서 감사합니다.

밤새 안녕하셨습니까?
밤새 안녕히 주무셨습니까?

멀쩡하던 땅이 가라앉은 세상에

일용할 양식을 주서서 감사합니다.

참으로 멀리 왔습니다.

한시 閑詩 1

몽돌은 한시에 능란하다.

물살이라든가 물결이라든가
부드럽게 어루만지는 인연 따라
편하게 만나고 편하게 보내주며
한가할 한閑자 그리며 산다.

그는
四佳 徐居正 선생처럼
아름다운 정자 四佳亭 꿈을 꾼다.

고대광실에 고량진미에
호의호식하면서도
헬조선이니 흙수저 금수저니
욕설을 탈곡하는 패거리들
인간 말종들 꼴 보기 싫으면
대자연 물의 나라
한가하게 뒹굴뒹굴

벼슬이 우찬성右贊成에 이르렀던
居正 居士 몸짓으로 산다.

한시閑詩 2

숫기가 생길락 말락하던 시절에
마을 앞 느티나무 아래서
장기 두는 할아버지 말을 엿들었다.

시집 온 새댁이
옹달샘에서 물을 긷다가
잠깐 졸다 깨어보니
아는 이가 없다고 했다.

그새
백년 세월이 훌쩍 지나
보이는 이는 후손들 뿐
아는 이가 없다고 했다.

세월은 강물 같아서
문득, 나를 돌아보니
처남들도 가고
동서들도 가고

동창들도 가고
나만 덩그러니 四佳亭에 남았다.

할머니 별자리

깜깜한 밤
초가집 뒤꼍 장독대는
할머니의 제단이 있었느니라.

이른 새벽
정화수를 올려놓고
기도하시던 할머니는
북두칠성에 절하고 북극성에 절하고

어쩌던지 우리 새끼들
자자손손 명이나 길어서
길이길이 이어지게 해달라고
하늘에 빌고 땅에 빌고 조앙님께 빌고
동서남북 사방팔방 빌고 빌었느니라.

환인, 환웅, 단군으로 이어지는
신시로부터 오늘에 이르기까지
장독대 정화수에 고인

하늘의 별자리는 변함이 없었느니라.

우리는 북두칠성
신선의 점지를 받아 태어나고
이승에서 저승으로
돌아갈 때는 칠성판에 눕게 되느니라.

북극성과 관계 깊은 우리 겨레에
제주에는 칠선 거리를 두고
제천에는 칠성봉을 두었으며
절마다 윗자리에 칠성각을 모셨느니라.

풍선 風船 2

강남 압구정 양품점에서
파리 날리던 여인이 졸고 있었다.

하늘 높은 줄 모르는
전세금을 감당할 수 없어서
문을 닫을까 하였다.

마지막 박리다매로 처분하려고
바겐세일 광고 문구를 쓰는데
찾아온 친구가 말했다.

그러지 말고
가격표에 동그라미 하나씩 더 넣어라 했다.

친구 말대로 헛일 삼아서
상표에 동그라미를 더하였더니
불티나게 팔려서 일확천금을 벌었다.

책은 읽지 않고 사치만 좋아하는
치맛바람의 참을 수 없는 가벼움
아, 대한만국의 머리에서 발끝까지
참을 수 없는 허영의 풍선들이여!

언제까지 부풀어 오르기만 할 것인가.

풍선 3

자꾸만 오르려고 하다가는
터져서 추락하기 마련이니라.

허영은 새끼치고
허욕은 범람하여
남에게 잘 보이려고
얼굴까지 짜깁기하더구나.

어리석음의 먼지가 끼면
보이는 게 없는 무시無視,
내면을 채우지 않은 채
자꾸만 오르려고 하다가
아귀옥餓鬼獄에 빠지느니라.

어리석음은 무지無知에서 오고
무지는 치심侈心을 낳느니라.

낮달

딴전을 부리는 듯이
빛을 잃은 여호와 하느님이
돈의 신神을 방관하시는가.

덫에 치인 고양이가
영양탕 솥에 고아져도
발목 잡힌 김영란법이
세월없이 낮잠만 자도
공짜복지 감언이설로
신혼부부 집 한 채 소동 벌려도
북한 찬양 쇼 벌이는 종북주의자에
국회가 확성기 달아주어도
물끄러미 바라만보는
바보 천치 백치 반거들충이들

소똥 속에서 콩을 골라먹던
탈북 동포 앞에서
종북광이 북한은 천국이라 해도

창백한 형광등 같은
방관자가 저만치 육갑하고 있는가.

필라멘트 1

갑자기 불이 나가자
세상은 암흑천지가 되었다.

가까스로 촛불을 켜고
알전등을 뽑아보았다.

빈 공간에
가느다란 선이 잘려진 채
바들바들 떨고 있었다.

그러나 손이 닿지 않는
유리알 속의 투명한 공간,
손으로는 어찌해 볼 수 없는 곳
나의 영역이 아니었다.

그렇게 밝던 실내가
어둠에 잠긴 채 촛불 주변만이
미지근하게 끓고 있었다.

원형의 허공에서
바들바들 떨고 있는
인연의 단절,
도무지 대책이 서지 않았다.

은은한 촛불만이
어둠을 힘겹게 밀어내고 있었다.

신神도 천사天使도
열을 받아 끊긴 모양이다.

필라멘트 2

열이 오르면 떨어지고
열을 막지 못하면 단절이 온다.

말은 열을 올리고
침묵은 열을 내린다.

어둠속에서 별이 반짝이듯이
침묵 속에서 詩語가 살아난다.

선이 끊겨서 암흑세상일 때는
참말의 별을 보아야 한다.

오로지 빛으로 말하는
침묵의 언어,
아름다운 단념의 계시를.

필라멘트 3

우리의 길은 여기까지다.

선線이 끊어지면 그 뿐
대책을 새울 수가 없다.

기적처럼
알전등을 돌려보다가
더러는 기적처럼 붙게 되어
얼마 동안은
불이 들어오는 경우가 있지만
그건 하늘의 별따기다.

어쩌다가
두 군데 끊어져서
세 토막이 나는 경우에
부활의 가망은 없다.

사랑 연쇄법

비 오는 날에는 우산이 필요하지만
우산보다도 더 필요한 것은
우산을 함께 받고 가는 연인이다.

슬플 때는 술을 마시고 싶지만
술보다도 더 필요한 것은
술잔을 부딪치며
함께 마실 수 있는 사람이다.

제4부 오동나무 한 그루

오뉴월 풍경

하늘만 바라보고 사는
천수답天水畓 보리밭으로
숫기 진한 남풍이 지그재그로 불면
매스게임이 한창인 청보리 밭은
머리 풀고 온몸을 뒤흔드는
싸이의 기막힌 몸짓……

봉천답奉天畓들 일제히 일어나
어질어질 아질아질
어질병 환장하게 번져나간다.

아지랑이 아질아질 어질어질
깽맥 깽맥 깽맥깽-
깨갱 깨갱 깽깽깽-
대자연의 무대는 총천연색 컬러
가수 밀바들이 떼로 몰려와
산발한 머리카락 지그재그로 휘날린다.

원동산 풍경

하늘을 차양遮陽처럼 가린
느티나무 그늘아래에서
촌로村老들이 장기를 둔다.

고려시대 견분곡 비석이 섰는
그 곁에 바지게에는
개구리참외가 단내를 풍기고
훈수를 두는 노인이
전설 같은 이야기 단내를 피운다.

시집 온 새댁이
옹달샘에서 물을 긷다가
잠깐 졸았는데
깨어보니 아는 사람이 없다고

삼단 같은 검은머리는 백발이 되고
아는 사람 모두 가고 혼자 남았다고
인생은 일장춘몽이라고
평생을 해로하던 내자는 여우라고

의미 있는 말에 맞장구를 치는데,

장기 바둑은 아생연후살타
인생은 춘몽春夢이라 하더라.

내 가슴속에는 10

내 가슴속에는
험준한 고개를 넘고 넘어서
시집갔다는 어머니가 있습니다.

깊은 밤, 급체로 광란이 났을 때
저를 등에 없고 읍내 병원까지
삼십리 밤길을 달리셨다는 어머니!

아침밥을 지을 때마다
아궁이에서 돌을 구워
헝겊에 싸서 주시던 어머니!

학교에 갈 때마다
손이 시리지 않도록
돌을 구워주시던 어머니가
온종일 침묵으로 말하십니다.

내 가슴속에는

엄동설한 피란길에
혹한을 이기지 못하고
오버로 감싼 채 얼어 죽었다는
어머니가 살아 계십니다.

어린 것을 살리기 위하여
스스로 얼어 죽은 어머니!
소리 없는 눈물과
소리 없는 아우성과
소리 없는 사랑이 흐르고 있습니다.

내 가슴속에는 11

내 가슴속에는
툇마루에서 기다리다가
사립문 밖으로 나오서서
기다리던 어머니가 계십니다.

명절에는 행여 오려나
손꼽아 기다리다가도
바쁜 일로 내려가지 못한다고 하면
동네 사람들에게는 서툴게도
거짓말을 하는 어머니가 계십니다.

우리 아그들이 엊저녁에 왔다가
아침 일찍 올라갔어라우.
정신없이 바쁜 모양이등만 그려.

입술에 침도 안 바르고
거짓말을 기도처럼 하시는 어머니가
가슴속에 살아계십니다.

내 가슴속에는
비온 후에 자라는 무덤의 풀잎처럼
어머니 심정이 자라나고 있습니다.

피겨스케이팅

은쟁반에 구르는 구슬
깃털처럼 가볍게 흐른다.

음악으로 흐르는 여신의 몸짓
나는 새
헤엄치는 물고기
깃털과 은비늘이 반짝인다.

날개와 날개와
비늘과 비늘과

은쟁반에 구르는 구슬
깃털처럼 가볍게 흐른다.

오동나무 한 그루

오동나무 한 그루
운치 있게 서있네.

달빛을 잎잎에 받들고
바람이 연주하게 하네.

오동나무 열매는 딸각딸각
추임새를 넣기도 하고,

자연의 시조창인가
유장한 판소리 가락에

오동나무 한 그루
운치 있게 사노라네.

피란避難 편린片鱗

　조모 때 고향 떠난 타향살이라 일가친척도 집도절도 없이 6.25 때는 피란을 했는데 고작 오수리 동후리 부락 오지랖으로 흐르는 앞냇물 둔덕 위를 전주이씨 황등 댁 할매랑 걷다가 난데없이 나타난 폭격기를 만났다. 전투폭격기가 우리 머리 위로 선회하고 있을 때 무서운 낌새를 차린 할머니는 독수리가 병아리 채려한다고 하시면서 나를 끌고 물웅덩이로 들어가셨다. 그 물웅덩이는 B29가 폭탄을 떨어뜨려 깊게 파인 강변의 물웅덩이였다. 이가 덜덜 떨리는 물속에서 하늘을 올려보는 나를 할머니는 자꾸만 물웅덩이 속으로 끌어들이면서 무슨 주문인지 염불인가를 빠른 속도로 외우시는 것이었다. 시천주조화정(侍天主造化定) 영세불망만사지(永世不忘萬事知)를 외우시다가는 느닷없이 일쇄동방결도량 이쇄남방득청량 삼쇄서방구정토 사쇄북방영안강, 또는 도량청정무하예 삼보천룡강차지 아금지송묘진언 원사자비밀가호를 빠른 템포로 끝없이 외우고 계셨다.

　한 편대를 이룬 네 대의 폭격기는 오수의 하늘을 선회하다가 시뻘건 불꽃을 쏘아제낄 때마다 인민군이 폭탄을 쌓아놓은 오수초등학교가 불길에 휩싸이고 시장까지 불바다가 되었다. 할머니의 주문은 동학군으로 떠돌다가 황토 흙을 처바르고 피투성이가 되어 돌아온 황명신 조부의 신념의 소산이었다. 할아버지는 할머니에게 시천주조화정을 외우면 일본 놈들 조총알도 비껴간다고 하듯이, 할머니는 나에게 주문이 영험해서 폭격기의 기관포 탄환도 비껴갔다고 참말 같은 거짓말을 잘도 하셨다.

그 후, 할머니는 시천주 주문의 영험으로 내가 살았다고 참말 같은 거짓말을 수월하게 하셨고, 나는 그 참말 같은 거짓말을 참말로 믿으려고 노력하면서 살았다. 학교가 불에 먹힌 뒤 교실을 잃은 우리들은 플라타너스 그늘 아래 맨땅에서 되지도 않는 공부를 하다가 공구받기를 하기도 하고 땅 뺏기를 하기도 하였다. 세월 이기는 장사 없다고 B29가 폭탄 떨어트린 강변의 물웅덩이가 메꾸어지듯이 초등학교는 다시 세워진지 오래고, 물웅덩이만큼이나 파인 내 가슴의 상처도 메꾸어지듯이 할머니의 무덤도 자연스럽게 풀만 무성하다가 묘지로 도로가 나는 바람에 납골당으로 옮겨지고 피란의 편린은 떨어져 나간 물고기의 비늘처럼 강변의 햇살에 서럽게 반짝였다.

산천초목

나이 들면
산천초목이 신기하게 보인다.

음택陰宅은 저승 같고
양택陽宅은 이승 같고

젊은이는 모두
미인들로 보인다.

모든 꽃들,
모든 꽃나무는 아름답듯이

전철을 오르내리는
젊은이들도 아름답게 보인다.

젊음이 아름답다더니
산천초목도 젊어지는가.

신삼국지 新三國志

중국의 등소평은
검은고양이건 흰 고양이건 간에
쥐만 잡으면 제일이라고
자유 시장경제를 받아들여
부강한 나라를 수립해 가는데,

대한민국의 국화의원들은
쓰레기통을 뒤지는 동안에
쥐잡을 생각을 하지 않는 고양이처럼
잿밥에만 정신을 팔다가
세월호 참사를 겪어야 했다,

그 처절한 국난을 겪고도
쥐 잡을 생각은 하지 않고
쓰레기통을 차지하겠다고
저희들끼리 싸우느라고
배가 가라앉는 줄도 모른다.

일본의 고양이는
왕인박사를 할퀴며
은혜를 원수로 갚더니
조선의 왕비를 척살하고
나라까지 삼키고도 오리발을 내민다.

세월

요즈음 나의 머리 모양은
솔밭 오솔길에 단풍나무 한 두 그루
선운산 오르막길을 방불케 한다.

가르마 트인 오솔길은
세월이 흘러간 길
단풍잎 떨어진 계곡물에
노을이 비끼듯
나의 머리카락도 단풍이 들었다.

내자는 검정 물을 들이라 하지만
나의 흰머리는 세월의 표상
사람도 단풍 들면 지는 법이니라.

아서라, 말아라.
염색을 하라는 말일랑 하지 말아라.
단풍나무가 염색하는 일 보았느냐?

수평선

언제까지나 언제까지나
키스의 연속임을 부인하지 못한다.

하늘 윗입술과 바다 아랫입술의
영원한 순간의 설왕설래를
아는 사람이 아무도 없다.

해님은 미리 눈치를 채고
짧고도 긴 호흡으로
날숨과 들이쉼으로
밀물과 썰물로 애무할 뿐
속속들이 알지는 못한다.

언제까지나 언제까지나
키스의 연속임을 아무도 모른다.

신광호申廣浩 시인

펼칠 신申자 성씨에
넓을 광廣자 넓을 호浩자 신광호 시인은
광활廣闊한 평원平原을 달리는 증기기관차
칙칙폭폭 칙칙폭폭—
기적소리 소리소리 지르며
대화의 광장을 종횡무진으로 치달린다.

시어詩語에 사통팔달인 그가
설측음舌側音을 내게 될 때에는
가장 먼저 내는 소리가 술—
술을 마시면 주기酒氣는 화부의 석탄이 되고
석탄 먹은 화통은 금새 용광로가 되어
기적소리로 좌중座中을 휘어잡는다.

내가 그의 고성高聲을 사랑하는 까닭은
보기 드문 정의正義의 불꽃으로
보무당당步武堂堂 휘날리기 때문이다.

문우文友들과 어울리면 참이슬 몇 잔에
기적소리 호호탕탕浩浩蕩蕩—
호탕하게 웃으면서, 기염을 토하면서
끝없는 평원을 시원하게 달리기 때문이다.

부귀도 그의 뜻을 어지럽히지 못하고
빈천도 그의 뜻을 움직이지 못하며
위무威武로도 그의 뜻을 꺾지 못하는
천지간의 호연지기를 옹호하기 때문이다.

원효대사

법당 뜰의 낙엽이 쌓이다가
바람에 흩어지는 애욕이다가
물에 빠지면 흠뻑 젖기도 하고
뇌성벽력이 치면
번갯불에 구워먹은 자라 모가지
정염을 토하며 노을이 타듯
요석공주와의 꽃놀이 끝에는
대지大地에 뿌리내리기로 했다.

경經을 무량無量으로 읽기로 했다.

외가 外家

외삼촌은 너무 똑똑해서
그 잘난 이념 때문에 바람과 함께 사라지고
이모는 약을 잘못 먹어서
말을 못하는 벙어리가 되었다.

솜씨 좋은 외할머니는
베틀에 앉아 베를 짜다가
인민군을 만나고 국군을 만나면서
역사의 수난을 겪게 되었다.

뻐드러진 채 병신 된 손으로
달떡을 빚어서 거리로 나섰다가
열을 지어가던 제이국민병들에게
몽땅 털린 후에 시름시름 앓다가 죽었다.

상주도 널도 상여도 없는
외할머니 주검 앞에서
말도 안 되는 소리 내지르는 이모와

눈물만 흘리는 어머니 곁에서
나는 그 눈물을 문지르고 있었다.

방바닥에 떨어진
어머니 피눈물을…….

山行 7

세상에 씹히기 싫어 산으로 간다.

하나님이 계시다는 교회 가도 씹히고
부처님이 계시다는 절에 가도 씹히고
도덕군자 길러내는 학교 가도 씹히고
씹히다 씹히다가 푸른 청산으로 간다.

청산에 오르면
씹힐 일이 없다.

눌변으로 억지 기도 하지 않아도 되고
돈이 없을 땐 헌금을 하지 않아도 된다.

대학교수가 인색하다는 말
듣지 않아도 되고,
정년퇴직했다고 변명하지 않아도 된다.

푸른 하늘과 하얀 구름

숲속의 새소리 바람소리
환장하게 아름다운 노을빛이
설교나 기도보다도 성스럽다.

십일조 낸 사람 호명하는 소리
감사헌금 낸 사람 호명하는 소리
특별헌금 낸 사람 호명하는 소리
한 쪽 손도 모르게 주라 했는데…
세상 때 묻은 소리 듣기 싫어서
나는 오늘도 산에 오른다.

졸졸졸 흐르는 시냇물소리는
꽃가지에 내리는 가랑비소리는
세상 돈 때가 묻지 않아서 좋고
씹고 씹히는 일이 없어서 좋다.

사진 찍기

　두 물머리 가에서 사진을 찍자고 한다. 제자들은 사진을 찍자하고, 스승은 사양한다고 한다. 노을이 새털구름처럼 무늬를 일으키는 경치가 좋잖아요? 경치가 좋으면 뭘해, 인생이라는 바둑을 다 두었는데. 그래도 사는 동안에는 즐겁게 지내야 하잖아요? 이제는 집나기를 하고 있다고. 한 집이 아니면 반집이라도 착실히 나야지. 그래두요? 그렇게 뾰루퉁할 것 없어! 이제 곧 통속으로 들어갈 텐데 뭐. 통이라니요? 바둑을 담는 그릇은 게오르규가 감명을 받은 반원의 무덤 같은 알파와 오메가. 흰 바둑알은 흰 바둑알끼리, 검은 바둑알은 검은 바둑알끼리 셈이 끝나면 들어가게 되지. 두 물머리까지 와서 그냥 가시게요? 좋은 경치에 고량진미에 많이 놀았잖은가? 그래도 두 물머리에서 사진을 찍자고 한다. 물길 따라 서로 갈리는 두 물머리에서 인상을 남기고 가자고 한다.

탁구를 하면서

탁구를 하면서
한용운의 시를 생각한다.

「님의 침묵」에 나오는
날카로운 첫 키스의 추억
사랑과 이별을 생각한다.

복식 탁구에서
두 공이 서로 맞부딪칠 때
북한의 로켓이 태평양을 가다가
미국의 사드에 작살나는
날카로운 공포의 키스,
전쟁과 평화를 생각한다.

홍도에서

부뚜막의 고양이처럼
원시의 해변에 뒹구는
문명의 껍질이 흉물스럽다.

휴지처럼 구겨진
몰골을 드러낸 채
태양에 눈을 흘기고 있었다.

고요가 저자서는 해변
반쯤 쭈그러진 OB 맥주 캔이
원시를 교란하고 있었다.

재래시장에서

재래시장에서
삼각형 과자를 보면
과자공장 주인 생각이 난다.

공장 주인은
동창생 서태남의 아버지
잔일을 도와준 나에게
과자 부스러기를 싸주시곤 하셨다.

늦은 밤 집에 가면
어머니 할머니 동생들
퀭한 눈으로 바라보고 있었다.

나는 많이 먹었으니 먹으라고
과자 봉지를 내려놓고는
달빛 밟으며 뜰로 나섰다.

창백한 하늘에는

배고픈 초승달이 구름 속에서
얼굴을 내밀곤 하였다.

청개구리가 울고 간 다음,
선풍禪風의 와군蛙群들은
가르르 가르르 걀걀걀걀
옛이야기를 하고 있었다.

트란스트뢰메르의 만년필

그의 시집에는
하늘색 잉크가 가득한
만년필이 꿈을 꾸듯 놓여있었다.

스웨덴의 하늘 아래
그의 펜촉 끝에서 흘러내리는
골짜기 시어詩語의 물줄기가
극락의 한나절처럼 즐겁게 한다.

기억이 나를 본다고
그가 말할 때
만년필 펜촉 끝에서 흘러내리는
하늘색 잉크,
천연약수天然藥水가 골짜기에서 호수로
소로우의 통나무집을 찾는 그의 모습
침묵의 신록과 치솟는 심연을 바라본다.

어머니 바느질은

어머니 바느질은
절묘한 예술
안온한 평화를 시침하신다.

자장자장 자장자장……
재워놓고 하시는 바느질은
아늑한 꿈길 보송보송
포근한 등에 업혀 외갓집 가는 길

하나의 귀에, 또 하나의 귀에
색실들 색색이 줄줄이 꿰시면
몸서리처지는 엄동설한도
춘삼월의 탐화봉접으로
너울너울 방긋방긋
편안한 꽃잠이 들게 하신다.

언제나 기다리며 열려있는 귀로
색실을 색색이 꿰셔서

아름다운 수繡를 놓는다.
왜소한 바늘로
8곡 병풍에 앙금을 펼쳐
드높은 격格과 예藝로 덕德을 베푸신다.

어머니 바느질은 사랑의 인술仁術
손가락 끝을 따주시며
피맺힌 상처를 입술에 가져가신다.

스미는 언어

화선지에 붓글씨를 쓰고
도자기에 그림을 그리는
어려운 숙제를 하고 나오다가
세 사람이 만난 게 삼합이다.

홍어와 삼겹살과 묵은 지
묵은 지는 김치의 조상
이야기는 기름져서
서울막걸리가 동이 났다.

시간은 짭조름하여
산새알 물새알을 노래하다가
삼합이 얼근히 스미면
무형의 어깨동무가 된다.

신神의 손수건

중공군이 인해전술로
떼를 지어 몰려오듯이
황사가 몰려와서 더럽히고 가면
가랑비가 선녀처럼 빨래하고 간다.

여명의 토란잎은
신의 손수건

수은 빛 물방울 반지 끼우고
축복의 새아침을 기다린다.

■ 황송문黃松文

詩人, 소설가, 문학박사, 선문대학교 명예교수.
선문대학교 인문학부장, 인문대학장 역임.
선문대신문사 주간, 한국문협 이사, 국제펜 이사,
한국현대시인협회 부이사장 역임.
한국현대시인상 등 5개 문학상 수상.
저서에『황송문시전집』『師道와 詩道』
『현대시창작법』『소설창작법』『수필창작법』
『문장론』『신석정 시의 색채 이미지 연구』
『팔싸리와 연탄사상』『건달들의 게걸음』
『중국조선족시문학의 변화양상연구』등 78권.
현재『문학사계』편집인 겸 주간, 서울디지털
대학교와 용산 아이파크문화센터 출강.

원추리 바람

초판 1쇄 인쇄일	2016년 9월 28일
초판 1쇄 발행일	2016년 10월 5일

지은이	황송문
펴낸이	황송문
편집장	김효은
편집 · 디자인	김진솔 우정민 백지윤
마케팅	정찬용 정구형 정진이
영업관리	한선희 이선건 최인호 최소영
책임편집	백지윤
인쇄처	국학인쇄사
펴낸곳	문학사계
배포처	국학자료원 새미(주)
	등록일 2005 03 15 제25100-2005-000008호
	서울특별시 강동구 성안로 13 (성내동, 현영빌딩 2층)
	Tel 442-4623 Fax 6499-3082
	www.kookhak.co.kr
	kookhak2001@hanmail.net

ISBN	978-89-93768-44-2 *03810
가격	9,000원